どうぶつがっこう
とくべつじゅぎょう

作・絵
トビイ ルツ

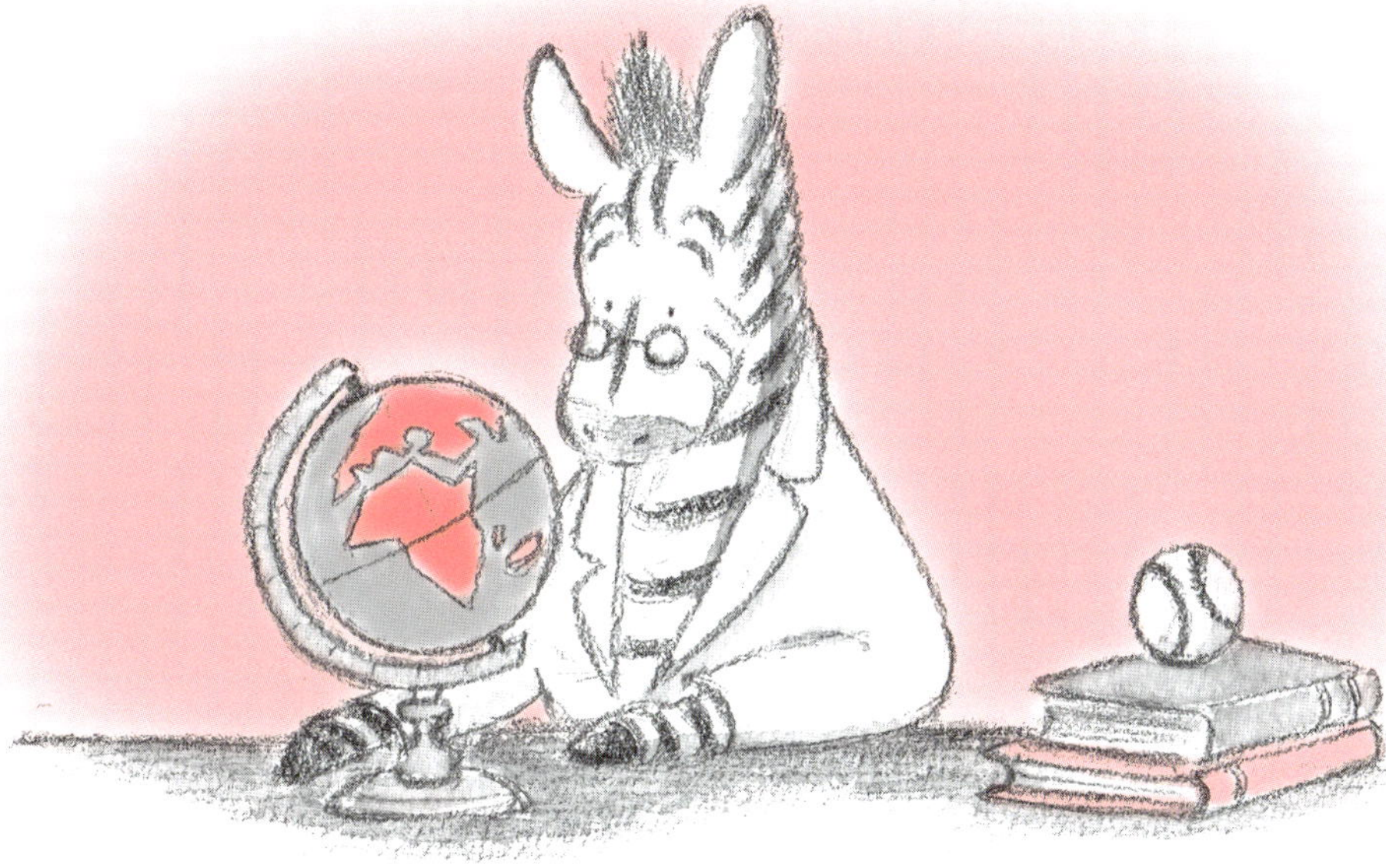

PHP

しまうまの子《こ》どもは、今日《きょう》も
「どうぶつがっこう」の　ほけんしつのベッドで　ねていました。
りゆうは　わかりません。

「どうぶつがっこう」は、
どうぶつたちが　先生《せんせい》で、
にんげんの子《こ》どもたちが
せいとの　がっこうです。

しまうまの子《こ》どもだけが、
どうぶつの　せいとでした。

このがっこうの
べんきょうで、
いちばん　だいじなのは
「じっけん」と「かんさつ」です。
ことばを　おぼえたり、計算《けいさん》したり、
うんどうや、絵《え》を　かいたりするのも
ぜんぶ「じっけん」でした。

せいとたちは、
なにを　している時《とき》が　楽《たの》しいか、
自分《じぶん》の　こころの「かんさつきろく」を
つけなくては　なりません。

体《からだ》の　かんさつも　大切《たいせつ》でした。
「体《からだ》の　どこが　ワクワクするか、
きろくも　わすれずに！」

パンダの　たんにんの先生《せんせい》が、
じゅぎょうの　おわりに
みんなの　ようすを　見《み》てまわります。

「どうぶつがっこうの
せいとたちは　みんな
ちょうしが　いいようだね。
顔色《かおいろ》も　いいし、
とても　元気《げんき》だ」

ライオンの
校長先生《こうちょうせんせい》は、
かんさつきろくを
見《み》ながら、うれしそうです。

「おや？」

「しまうまくんの
ワクワクの数字《すうじ》は
下《さ》がりっぱなしじゃないか！
顔色《かおいろ》も　ヘンだ！
なんだか　シマシマが
うすくなっているぞ」
「たいおんは……たいへんだ、
ねつが　ひくい！
早《はや》く　ほけんしつに　行《い》きなさい！」

「ワクワクしないせいで、たいおんが
ひくくなったんじゃな。
なにか　なやみが
あるのかい？」

ほけんの犬《いぬ》の先生《せんせい》は、
しまうまの子《こ》どもに
しんぱいそうに
聞《き》きました。

「べんきょうも　うんどうも、
じゅぎょうの『かんさつ』で
見《み》つかるのは、
にがてなことや
きらいなこと
ばかりなんです」

「そのうち、こころも　体《からだ》も
ワクワクするような　発見《はっけん》が　あるはずだ。
まずは　しばらく　ここで　休《やす》んでいなさい」

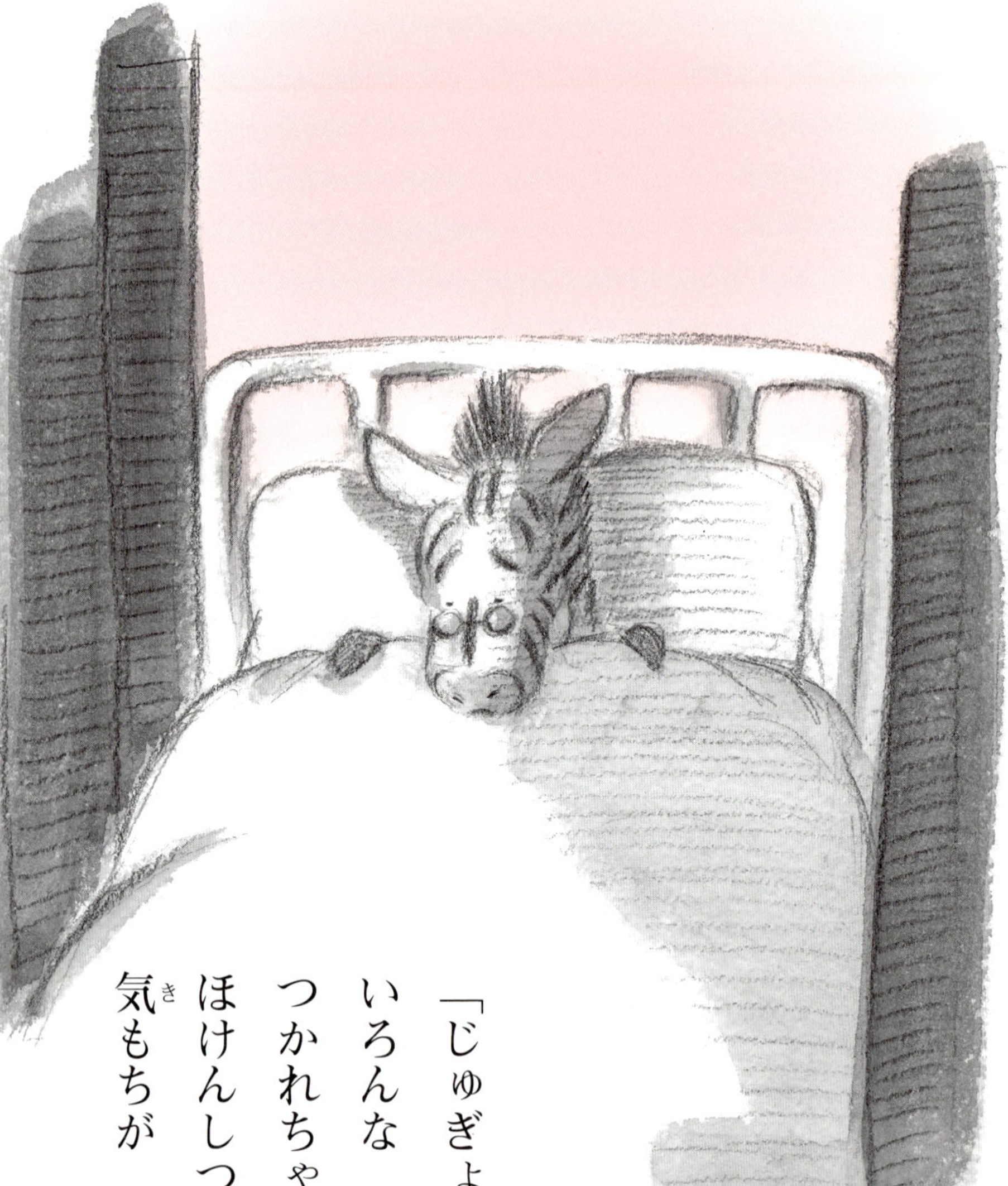

「じゅぎょうで
いろんな　じっけんを　して
つかれちゃったよ……。
ほけんしつの　ベッドは
気《き》もちが　いいなあ」

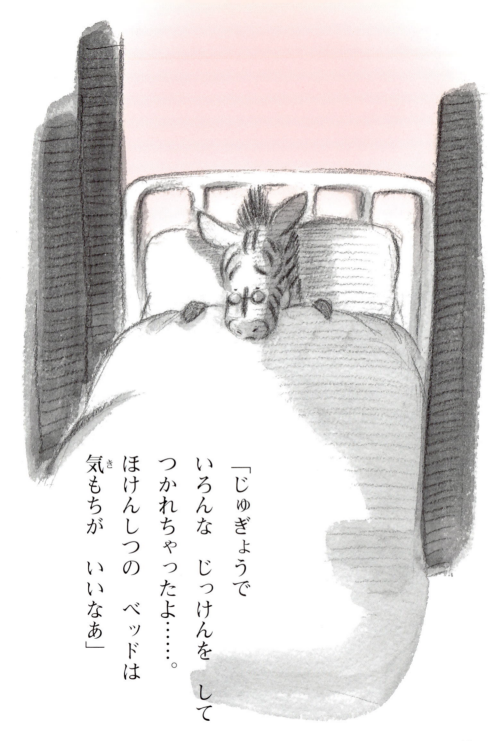

「あれ、カーテンが　うごいてる……。
だれか　いるのかな……」

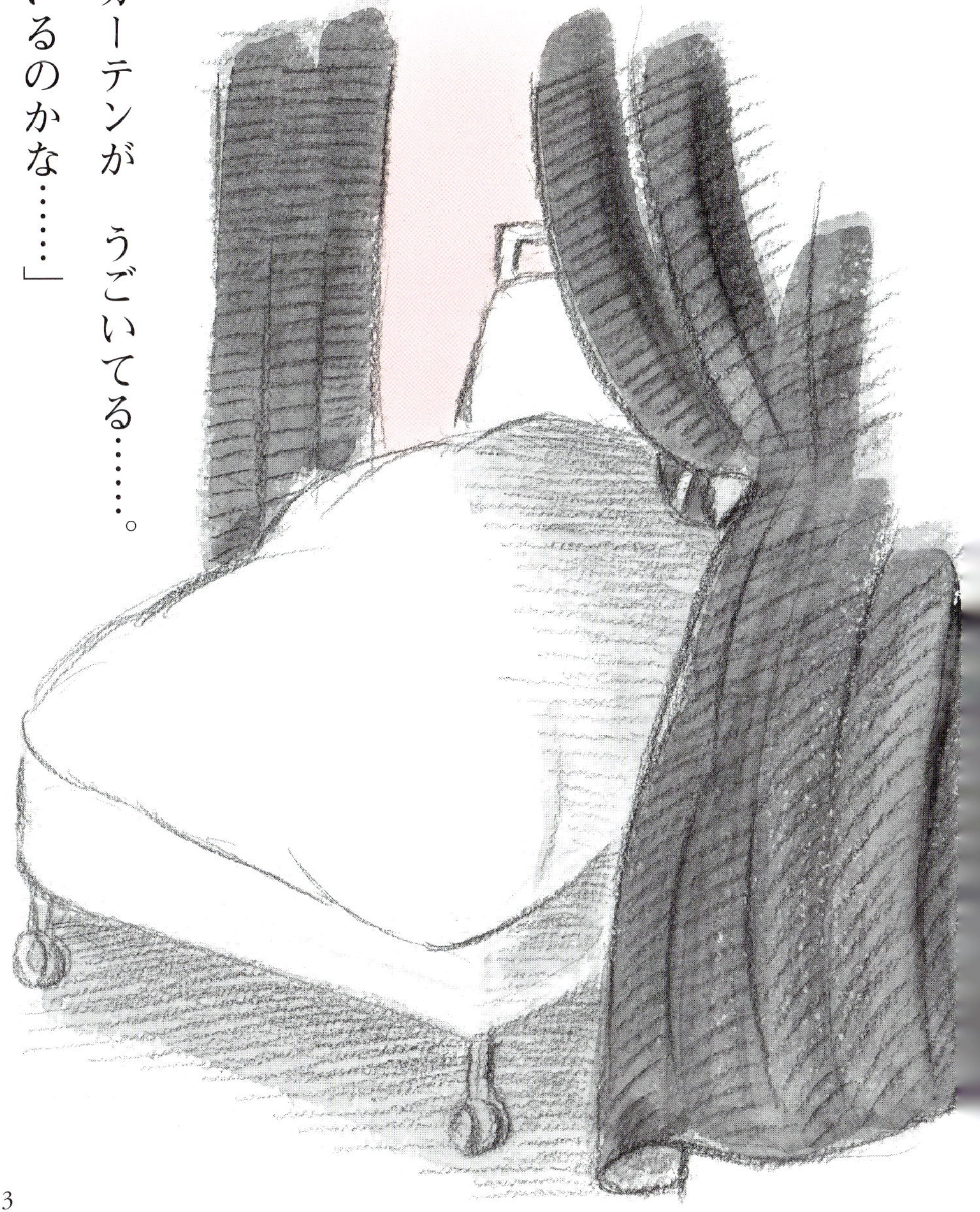

「きみは　だあれ？」

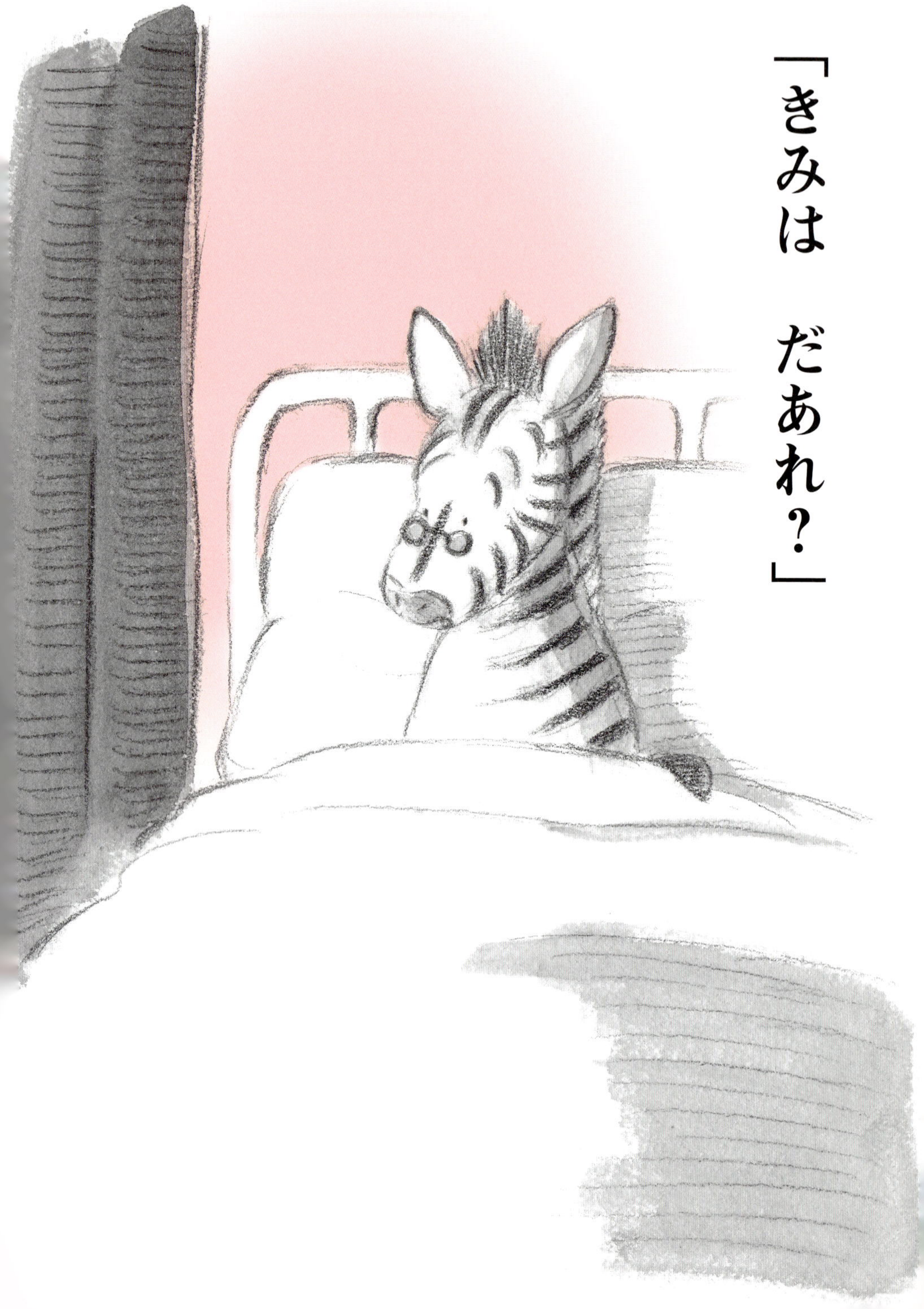

「ぼくに　にてるけど、
ちょっと　ちがうようだね。
どうぶつがっこうで　ぼくだけが
どうぶつのせいとだと
思《おも》っていたよ。

黒《くろ》しまうまくんは、
てんこうせいかな。
どうしたの？」

「じゅぎょうが
つまらないんだ。
なにしろ、
べんきょうも　うんどうも、
とくいなことばかりだからね」

「ええっ、ぼくと
はんたいだよ！
とくいなのに
楽《たの》しくないの？」

「にがてなことや、
きらいなことが　見《み》つかると、
しんぞうが　ドキドキして、
こころが　ワクワクするよ。

だって、ちょうせんすることが
いっぱいだからね！

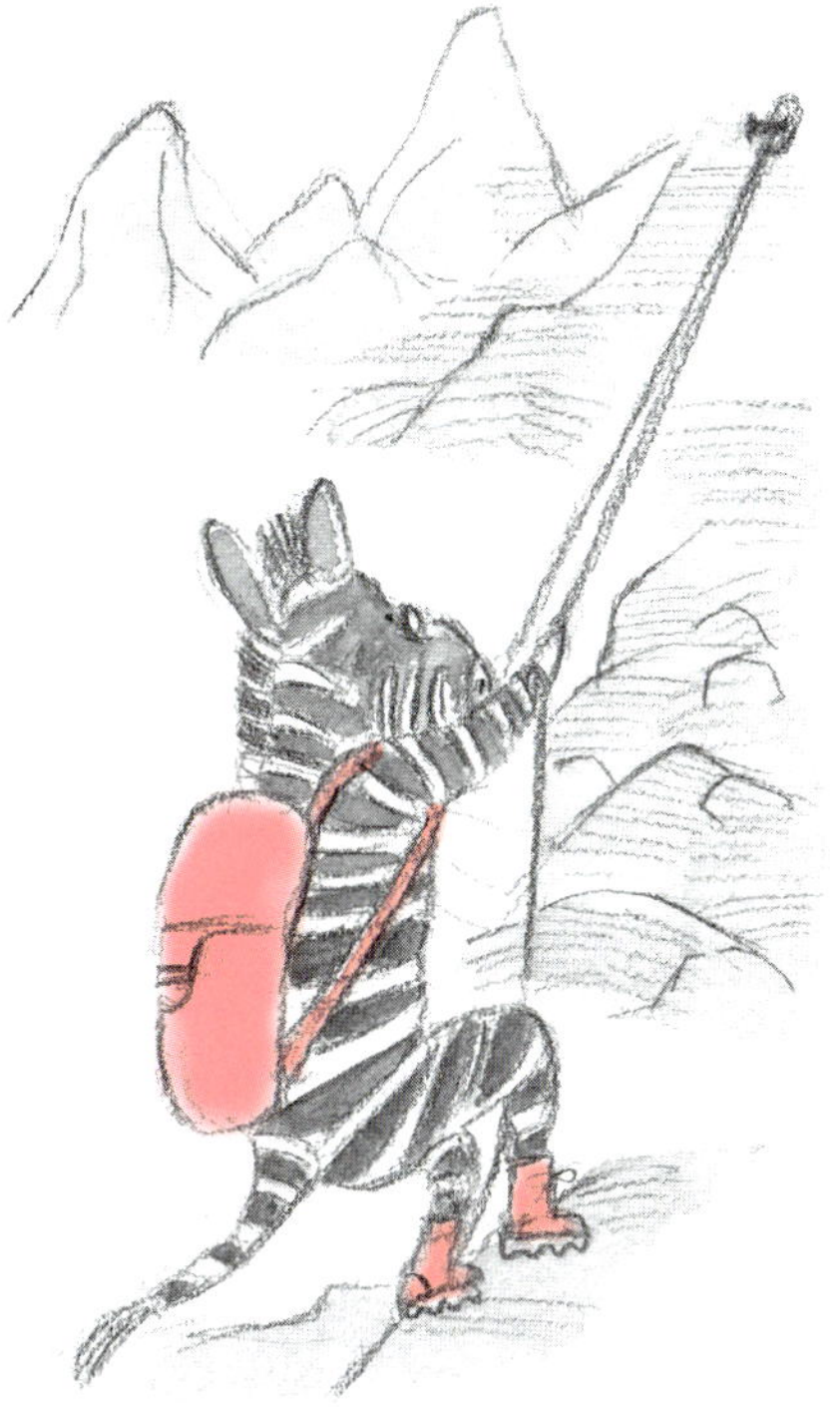

たいおんも
上《あ》がって、
すごく　元気《げんき》に
なるんだ」

「ああ、たいくつで　また
つかれてきた。にがてなことや
きらいなことが　ないと、
やる気《き》が　なくなって
ずっと　ねたきりなんだ……。
ぼくは　もう少《すこ》し
ここで　休《やす》むよ」

「たいへんだね！
ぼくは　だいぶ　よくなったから
きょうしつに　もどるね」

「たいくつ」って、どんな　気《き》もちなのかなあ……。

しまうまの子《こ》どもが
きょうしつに　もどると、
今《いま》まで　見《み》たことのない　毛《け》の色《いろ》や
もようの　どうぶつの子《こ》どもたちが
いました。

「さぁ
『とくべつじゅぎょう』を
はじめます！」

「今日《きょう》は　とくべつに、
北《ほっ》きょくや　ジャングルや、
世界中《せかいじゅう》の　遠《とお》いところから
どうぶつのせいとたちが
来《き》てくれました。
まずは　おたがい
あいさつを
しましょう！」

すると、
どうぶつのせいとたちは、
いっせいに
にんげんのせいとたちに
とびかかりました。

「きゃあ、
くすぐったい」

「はが　こわい！」

「食《た》べられちゃう！」

舌《した》で　ペロペロ
顔《かお》を　なめたり、
かみの毛《け》を　ひっぱったり、
おしりの　においを　かぐために
にんげんのせいとたちを　おいかけまわしました。

「どうぶつのせいとのみなさん、
おまちなさい！　会《あ》えて　うれしいという
『気《き》もち』を　つたえるには、『ことば』を
つかうんですよ！
今日《きょう》は『気《き》もち』と『ことば』を
いっしょに　べんきょうします」
カンガルーの先生《せんせい》は、おなかの　ふくろから
しつもんを　書《か》いた　紙《かみ》を　とりだしました。

「気《き》もち？　ことば？」

「それって、どんな　色《いろ》？
においは　する？」

「どんな　味《あじ》？
さわると
どんな　かんじなの？」

「どうかしら？
にんげんのせいとのみなさんは、
どうぶつのせいとたちが
わかるように
せつめいしてあげてください。

うれしい

って気《き》もちは　どんな　色《いろ》かしら？」

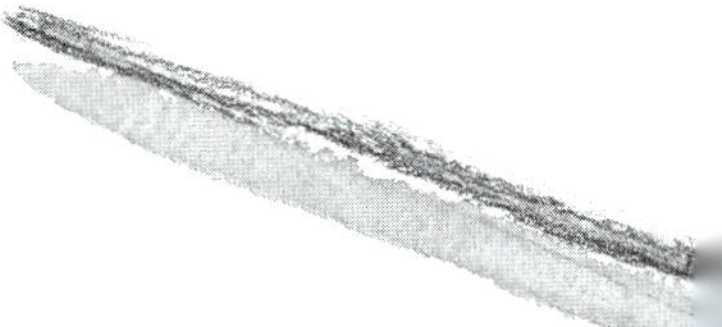

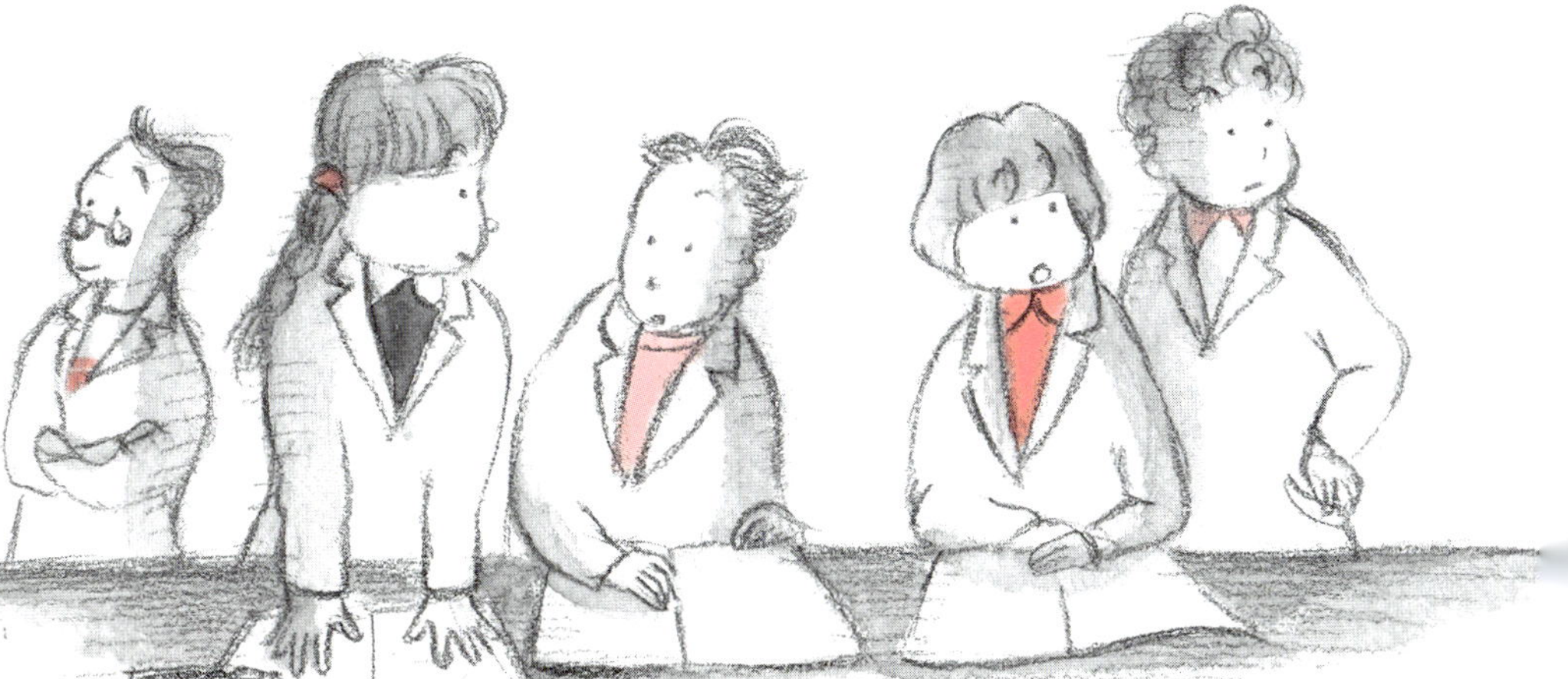

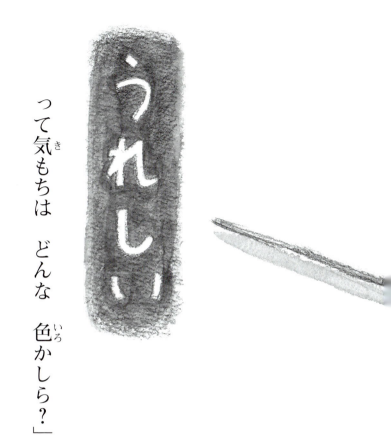

「『うれしい』の
色《いろ》はねえ、ええと、
オレンジ色《いろ》かな。
もも色《いろ》かな、
メロンみたいな
黄《き》みどり色《いろ》？
そして、
あまくて　うっとりする
においが　します！」

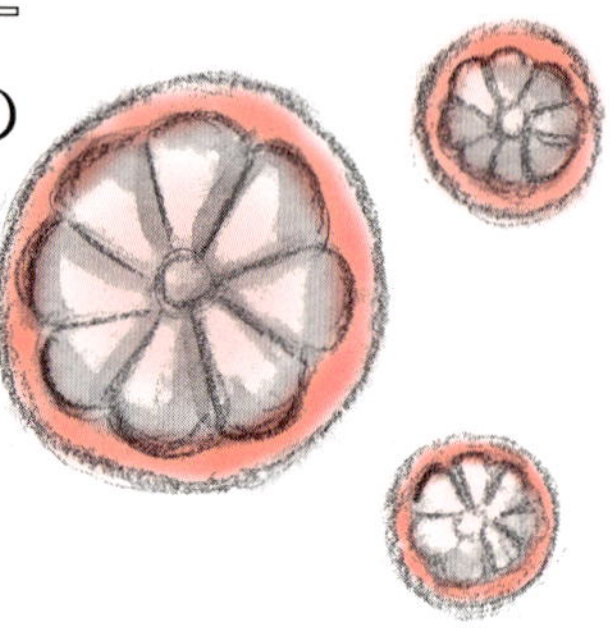

女《おんな》の子《こ》は
大《だい》すきな
くだものの
ケーキや
パフェを
見《み》た　時《とき》の
気《き》もちを
思《おも》いだしていました。

「ぼくの『うれしい』はねえ、
赤《あか》、青《あお》、黄色《きいろ》、ぎんや 黒《くろ》！
いろんな 色《いろ》が あって
ピカピカ 光《ひか》っているんだ。
速《はや》い風《かぜ》が ふいて、
木《き》の いいにおいが
するよ！」

男《おとこ》の子《こ》は、 森《もり》の中《なか》の
まっすぐな 道《みち》を 走《はし》っている
たくさんの かっこいい じどう車《しゃ》を
見《み》た時《とき》の 気《き》もちを 思《おも》いだしました。

「うんうん、それで？
『うれしい』時《とき》の
体《からだ》は　どんな　かんじなの？」

「とても　元気《げんき》に　かんじるな。
どこまでも　いつまでも
歩《ある》けそうなくらい！」

「スキップしたり、
おどりたくなる！」

「ぴょんぴょん
とびはねるかんじ。
すごく、すごく
高《たか》くだよ！」

「手《て》も　足《あし》も
体中《からだじゅう》が
すごく　元気《げんき》！」

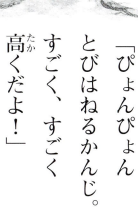

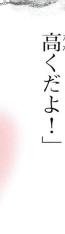

「『うれしい』って
ことばを　聞《き》いたら、
体《からだ》が　あたたかくなってきたよ」

「むずむずしてきた！」

「『うれしい』って　どんなことか、
わかってきたよ」

「じゃあ　はんたいの

かなしい

は、どうかしら？」

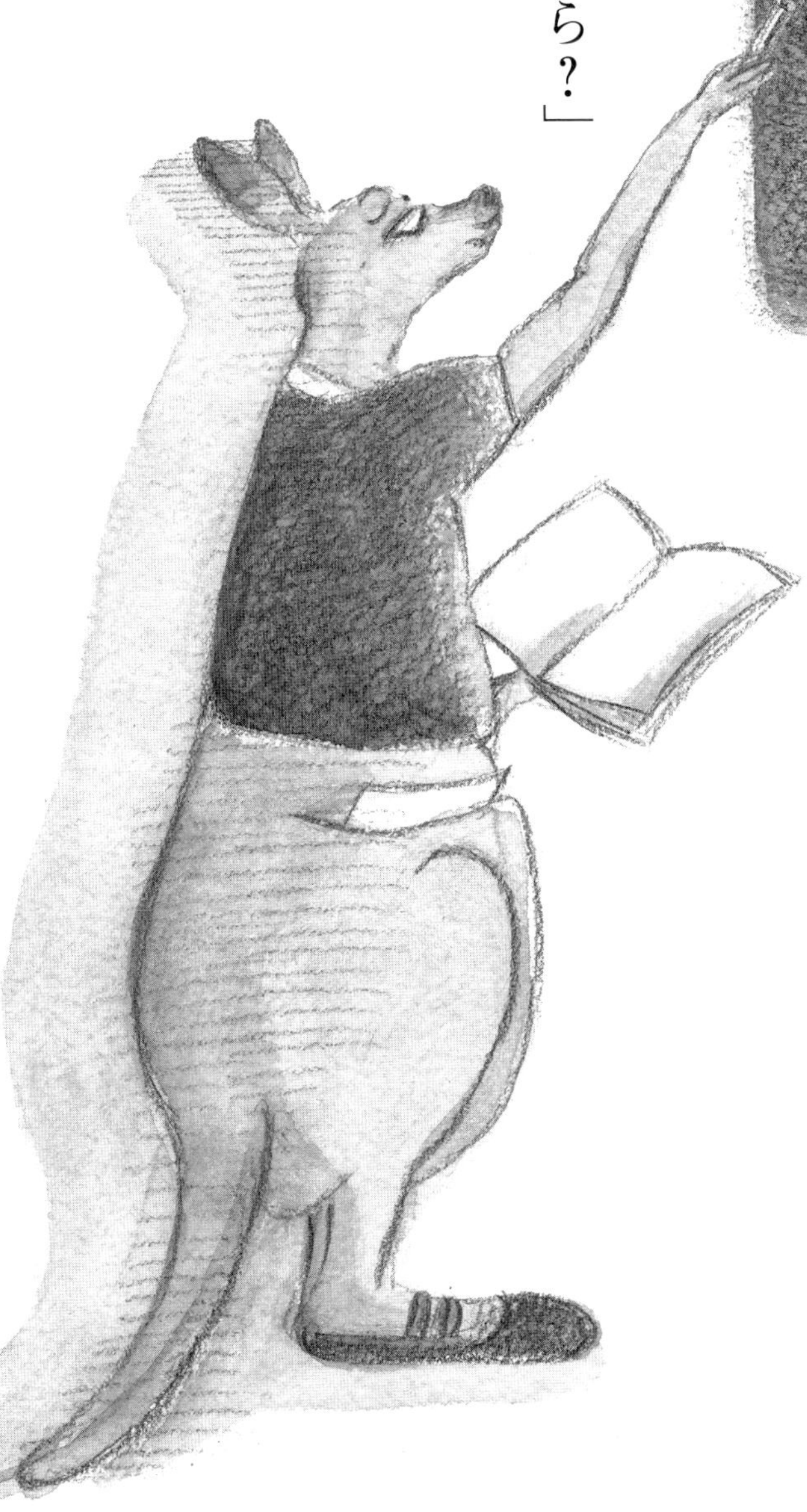

「まっ黒《くろ》かな」

「くらい　どうくつの
中《なか》みたいな　色《いろ》かな」

「はい色《いろ》かな」

「ぼくの　ふるさとの
冬《ふゆ》の　空《そら》みたいな　色《いろ》かな」

「まっ白《しろ》よ」

「そうだ！　ぼくの　ふるさとは、
どこも　氷《こおり》だらけで　つめたくて、
おなかが　すいている時《とき》　とくに
まっ白《しろ》に　見《み》えるんだ……」

「かなしい時《とき》の　体《からだ》はねえ、すごく　おもいの。
手《て》も　足《あし》も　うごかせない」

「ぼくが　ぬまに　おちて
うごけなくなった時《とき》の　気《き》もちだ」

「目《め》も　おもたくて、あかなくて、
すごく　つかれているかんじ」

「あさから　ばんまで　あつい
ジャングルを　歩《ある》きまわったのに　えさが
見《み》つからなかった時《とき》の　気《き》もちだ」

「はなの　おくが
ツンと　いたくて、
なみだが　出《で》てくるよ」

「むれから　はぐれて
お母《かあ》さんに　しかられた時《とき》の　気《き》もちね」

「お母《かあ》さんに　しかられたら　かなしいよね」

「『かなしい』のことば、わかったよ。
ぼくらの『かなしい』と　同《おな》じ　気《き》もちだ」

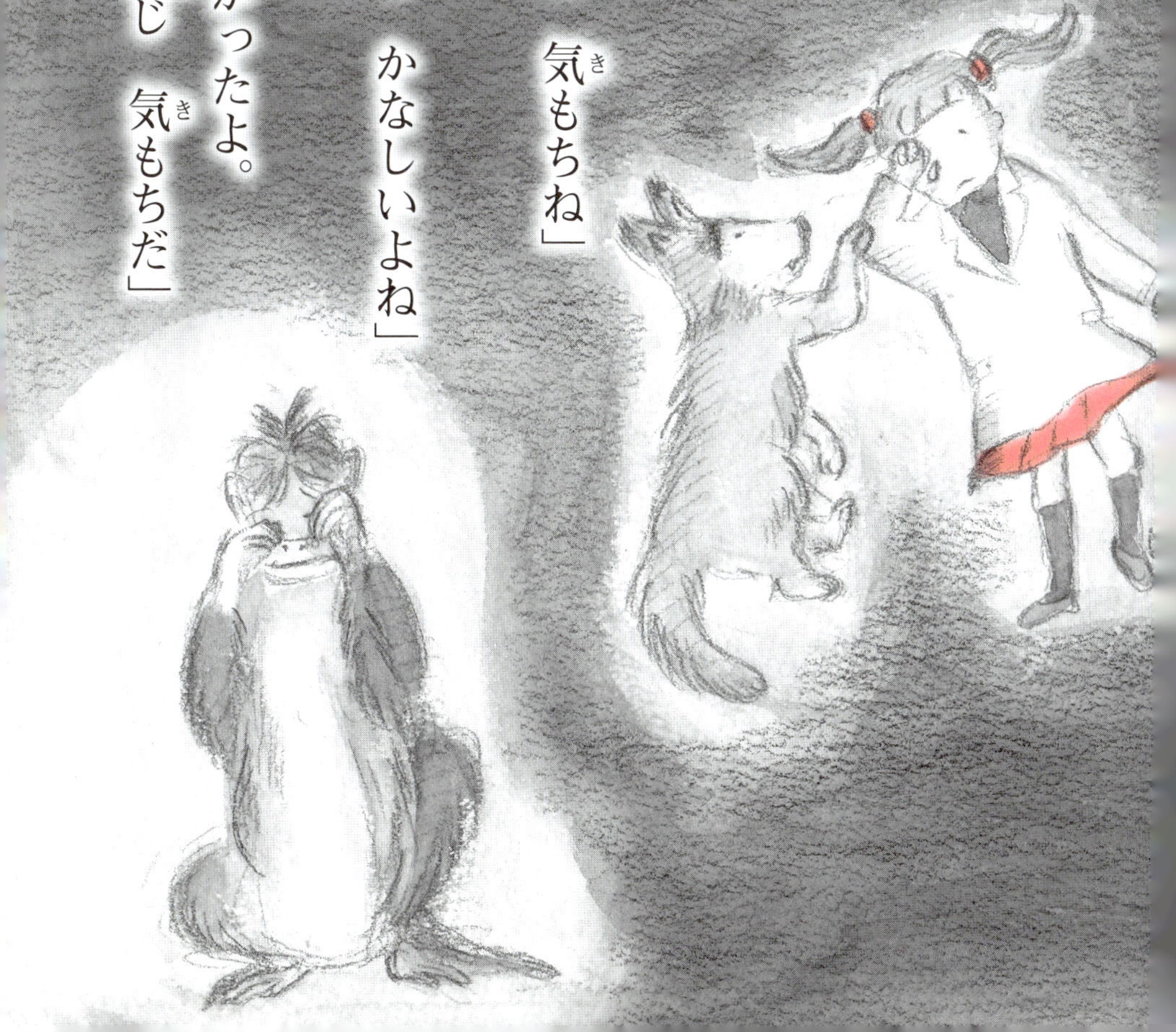

じゃあ

たのしい

は、どんな色《いろ》？

さびしい

は、あたたかい？

つめたい？

「ありがとう」や

「ごめんなさい」は？

みんなで「気《き》もち」を　かんさつしながら、

「ことば」を　べんきょうしました。

そして、『とくべつじゅぎょう』は　おわりました。

「ことばの　じゅぎょうは、
とても　楽《たの》しかったよ！」

「みんなと　会《あ》えて
うれしかった！」

どうぶつのせいとたちは、
「さようなら」と　ことばで　あいさつを　して、
遠《とお》い　国《くに》に　かえって行《い》きました。

「『さようなら』って、
聞《き》いたら
ちょっと　目《め》が
じいん、としたよ」

「ぼくも『さようなら』って　言《い》ったら、
はなの　おくが　いたくなったよ」
「かんさつきろくを　つけなくちゃ。
あれ、しまうまさん、どうしたの？」

「うん、なんだか、体《からだ》が
ヘンな　かんじなの。
いろんな　ことばを
聞《き》いてるうちに、
さむかったり、
あたたかかったり
したからかなあ？」

「たいへん、ねつが　あるみたい！
ほけんしつに　つれて行《い》かなきゃ！」

「おそらく　ことばで　たいおんが
上《あ》がったり　下《さ》がったりしたせいで、
体《からだ》が　びっくりしたんじゃな。

どうぶつは　にんげんに　くらべて　かんじやすいからね。
しばらく　しずかに　おやすみすれば　よくなるだろう」

「うれしい」って　聞《き》いて
走《はし》りまわったり、
「かなしい」って　聞《き》いて
つめたい　氷《こおり》の　上《うえ》に　いる
「気《き》もち」に　なっただけなのに。

ああ、「ことば」で
ぐあいが　わるくなるなんて
こまったなあ。
ぼくは、ことばの　べんきょうにも
むいていないのかなあ……。

「あれ、
黒《くろ》しまうまくん。
きみも　また
ぐあいが
わるいの？」

「ああ、すごく　たいくつなんだ」

「『たいくつ』って　気《き》もち、
ぼくには　わからないなあ。
どんな　色《いろ》なの？
においは　する？
どんな　かんじなの？」

「そうだなあ……」

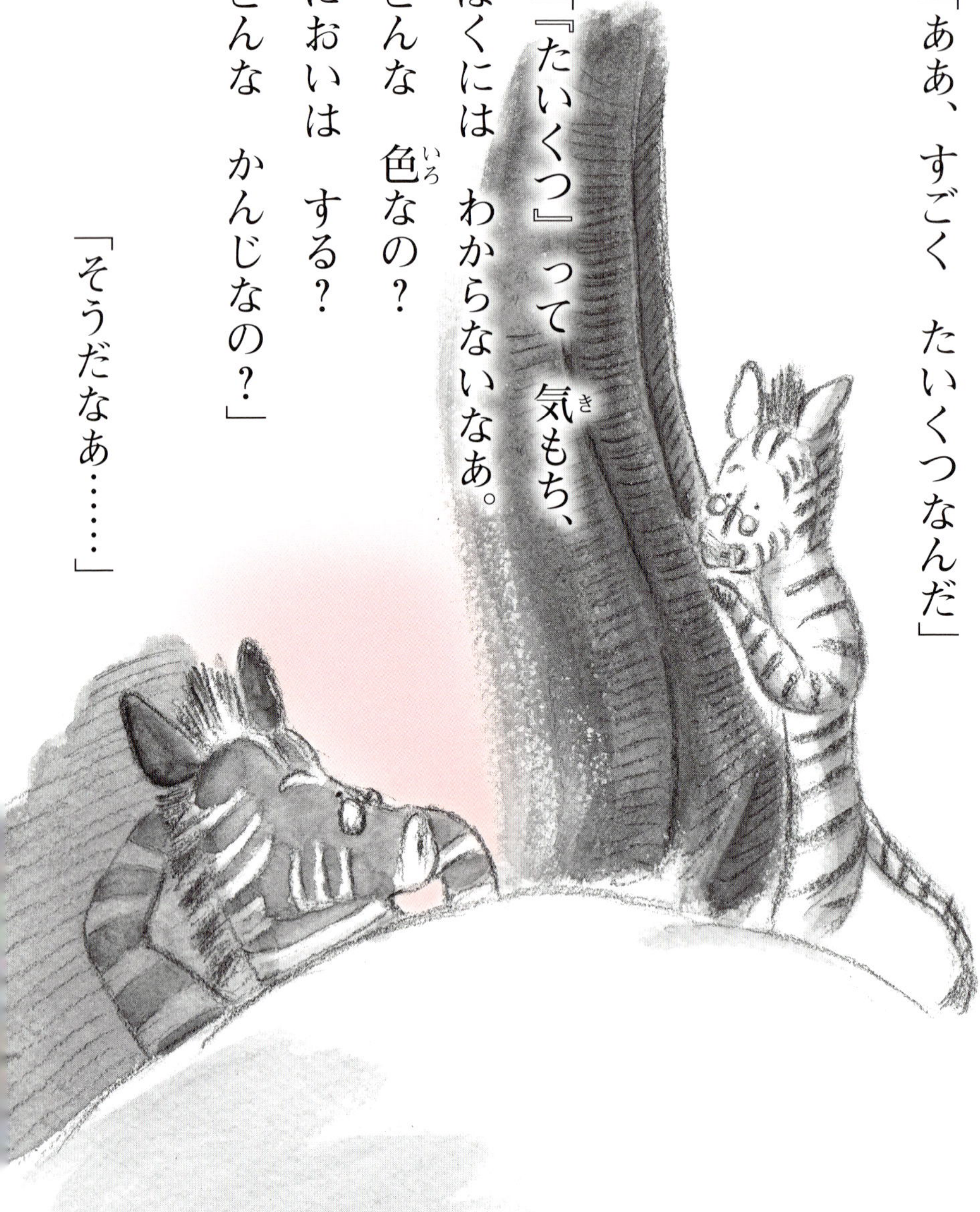

「色《いろ》も　においも　おんどもないよ。
なにも　かんじないよ。
それぐらい　たいくつなのさ」

「それは……、とても
いやな　気《き》もちだね！

きみの『たいくつ』って
ことばを　聞《き》いて、ぼくも　もっと
ぐあいが　わるくなってきたよ」

「ねえ、黒《くろ》しまうまくん。
『たいくつ』の　かわりに、
『楽《たの》しい』とか
『うれしい』って
言《い》ってみたらどうかな？

きみの　ことばは、
きみが　いちばん
よく　聞《き》いているから、
体《からだ》の　ちょうしが
よくなるかもしれないよ」

「『たいくつ』なのに、
『楽《たの》しい』って　言《い》うのは
ヘンだよ。うそつきに
なるのは　いやだ。

きみが　本当《ほんとう》に　ことばで
体《からだ》も　元気《げんき》に　なるのか、
じぶんで『じっけん』
してみれば　いいじゃないか」

「うそつきだなんて　ひどいな！
黒《くろ》しまうまくんのことを　しんぱいして　言《い》ったのに！」

「わかったよ、
じゃあ　きみは　ずっと
たいくつだって　言《い》いながら、
いつまでも　ねていれば　いいよ。

じゅぎょうに　行《い》けば　きみが　好《す》きな、
にがてで　きらいな　楽《たの》しいことも
あるかもしれないのに！」

いいさ、ぼくは「ことばのじっけん」に
ちょうせんしてみる！

そうだ、どうぶつがっこうで
どうぶつのせいとは
ぼくたちだけなんだ。

「どうぶつじっけん」が
せいこうしたら、
にんげんの子《こ》どもたちにも
やってもらおう！

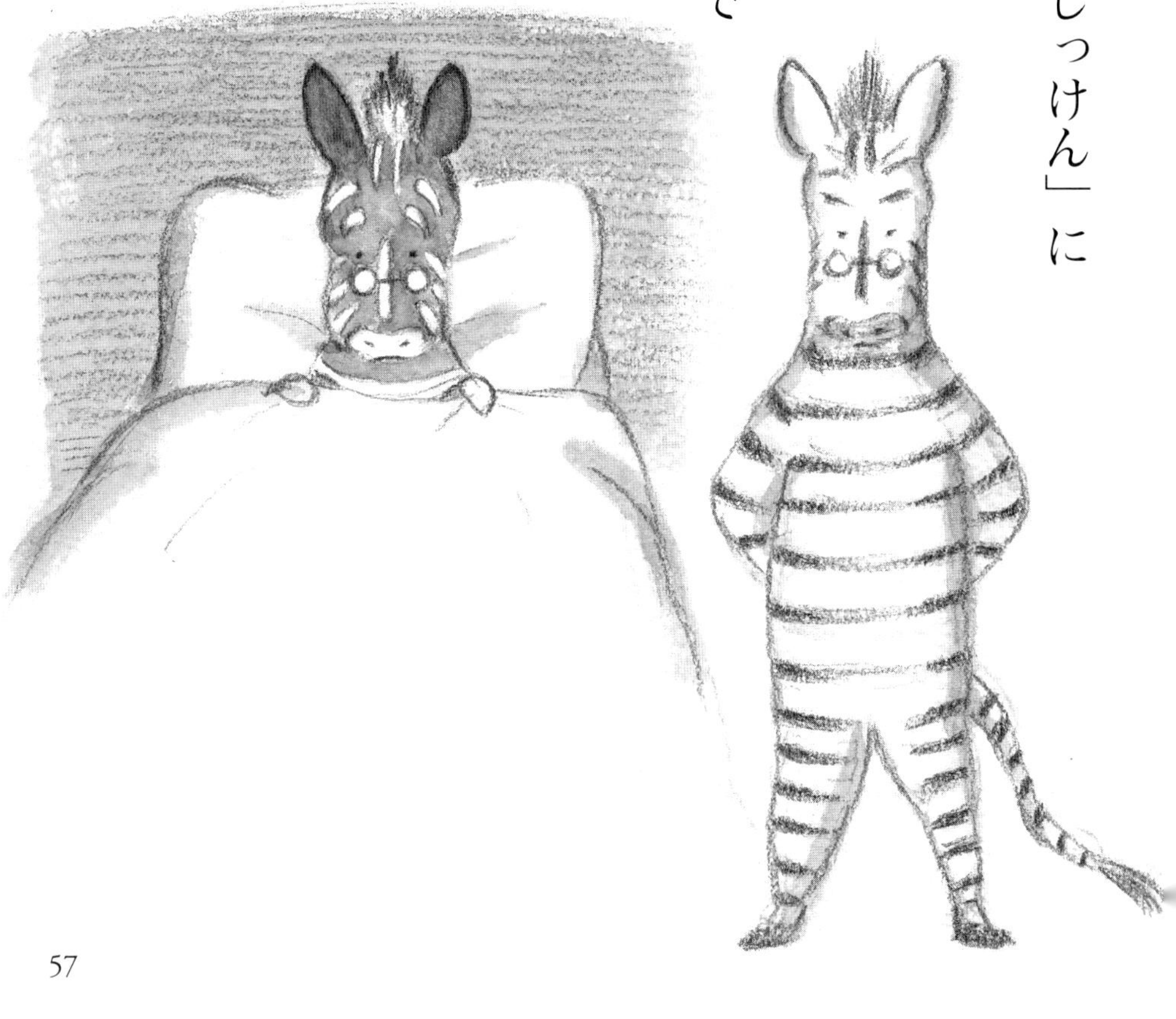

大発見《だいはっけん》に　なるかもしれないぞ！
なんだか　体中《からだじゅう》が
しんぞうみたいに
ドキドキ　ワクワクしてきたよ！

「あれ？
にがてなことで　ワクワクするなんて、
まるで　ぼく、黒《くろ》しまうまくんみたいだなあ」

それから、しまうまの子《こ》どもは
毎日《まいにち》　ことばの「じっけん」を
つづけました。

「『たいくつ』なのに
『楽《たの》しい』って　言《い》うのは
ヘンだよ！」

「ぼくも　うそつきに
なるのは　いやだなあ……」

「そうだ！」

そこで、しまうまの子《こ》どもは
楽《たの》しそうにしている　せいとに
「楽《たの》しそうだね」と
言《い》ってみることに　しました。

すると……

「うん、この本《ほん》、
とっても
おもしろいよ！
しまうまさんも
読《よ》んでみる？」

「あははは！」

「楽《たの》しいな！」

「ねえ、すごく
うれしそうだね」

「だって、これ
おいしいんだもん！」

「ぼくも
食《た》べて
みようかな……」

「ほんとだ！」

「なに　食《た》べてるの？」
「すごく　うれしそうだよ！」

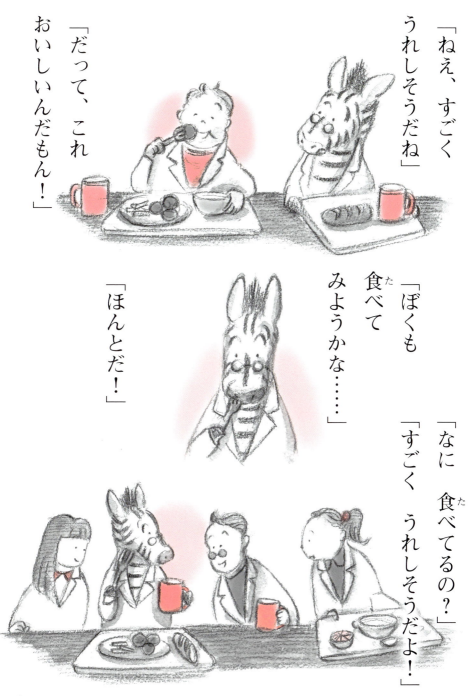

なんだか、ほんとに　楽《たの》しくて　うれしくなってきたなあ。
それに、体《からだ》も　元気《げんき》になった　気《き》がするよ。

はんたいに、ケンカを　している　せいとの　ことばを　聞《き》くと、
とたんに　ぐあいが　わるくなるのです。

「じっけんも　なかなか　たいへんだ……」

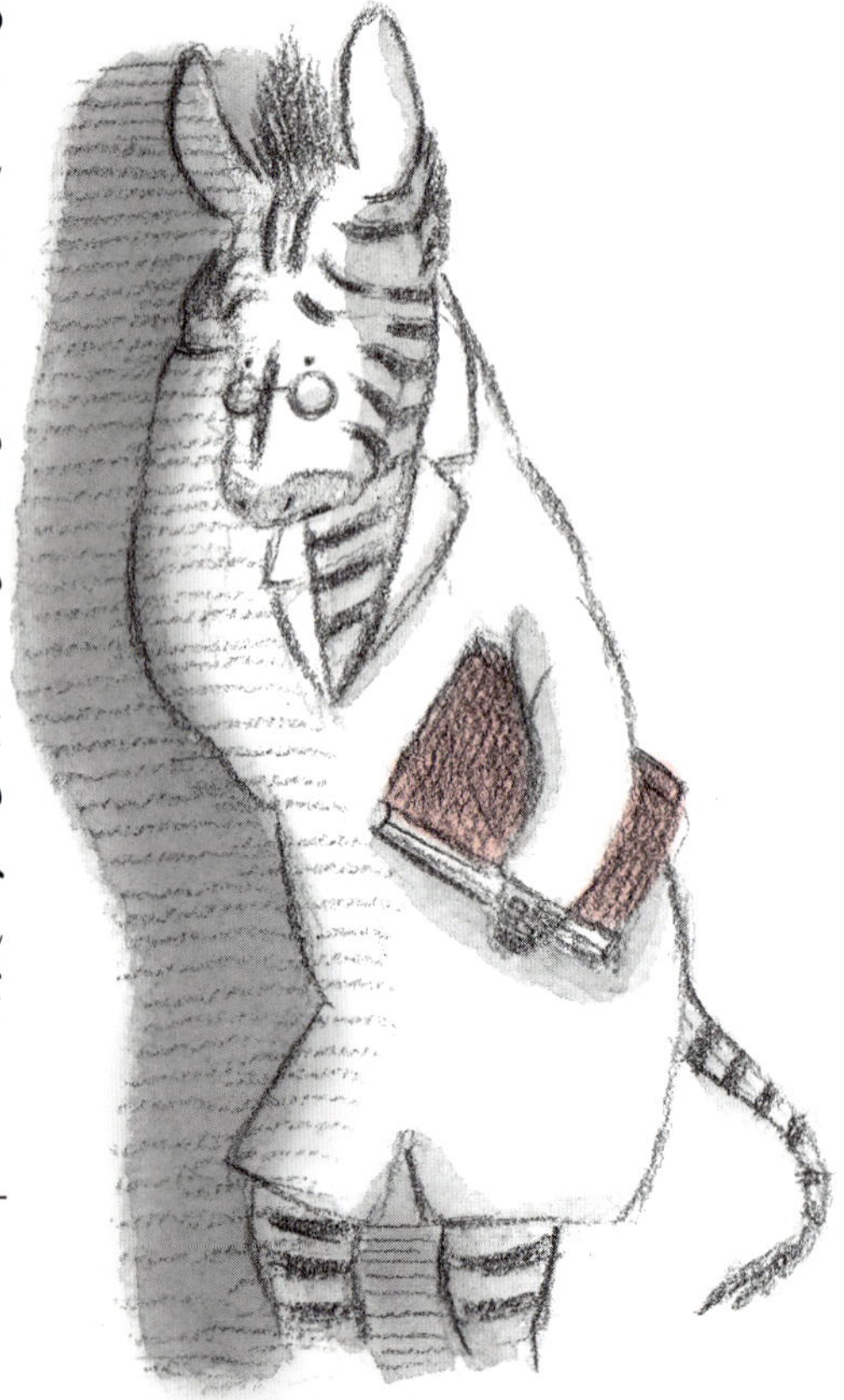

黒《くろ》しまうまくんは
どうしているかなあ。
ぼくは　ひどいことを
言《い》っちゃったから、
「ことば」で　ぐあいが　もっと
わるくなったかもしれない……。

そうだ、この本《ほん》、
おもしろかったな。

楽《たの》しい　ことばで　いっぱいだから、
黒《くろ》しまうまくんの　元気《げんき》が　出《で》るかも。

「あっ、黒《くろ》しまうまくん！
やっぱり　ここに　いたんだね」

「どうぶつじっけんは　せいこうしているよ！
ぼく、元気《げんき》に　なったよ。
やっぱり　いいことばは
体《からだ》に　いいんだよ！」

「あのね、この本《ほん》、すごく　おもしろかったよ。
楽《たの》しいことばで　いっぱいだから、
読《よ》んだら　元気《げんき》に　なると　思《おも》うの」

「ぼくは　すごく　ねむいんだ。
きみが　声《こえ》に　出《だ》して　読《よ》んでみてよ」

「なんだって？」

「だって、
きみが　読《よ》んだら、
いっしょに
元気《げんき》に　なれるか
じっけんできて
いいじゃないか」

「ええと、そうだね、わかったよ。
この本《ほん》、とっても
おもしろいんだ！
いいかい、読《よ》むよ？
むかしむかし　あるところに……」

ああ、やっぱり　この本《ほん》は　おもしろいな！
どうぶつじっけんは　せいこうだよ！

だって、ほら、
黒《くろ》しまうまくんも
わらいながら
ねちゃったよ……。

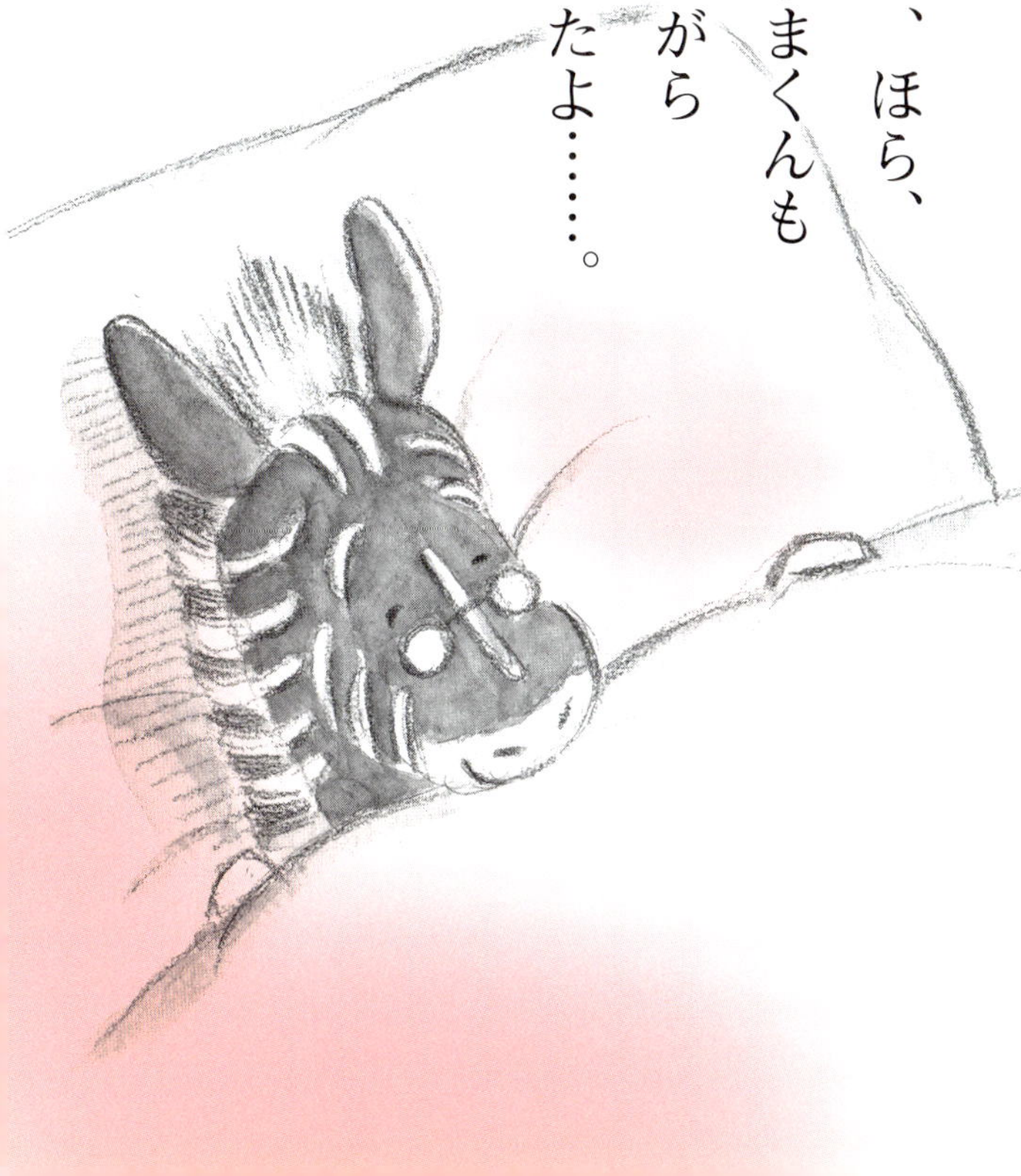

「おお、目《め》が
さめたかね」

『とくべつじゅぎょう』の
あとに、ねつで　たおれて、
ずっと　ここで
ねていたんじゃよ！」

「あの……、黒《くろ》しまうまくんは？
ぼくに　そっくりな　せいとが
ここに　ねていませんでしたか？」

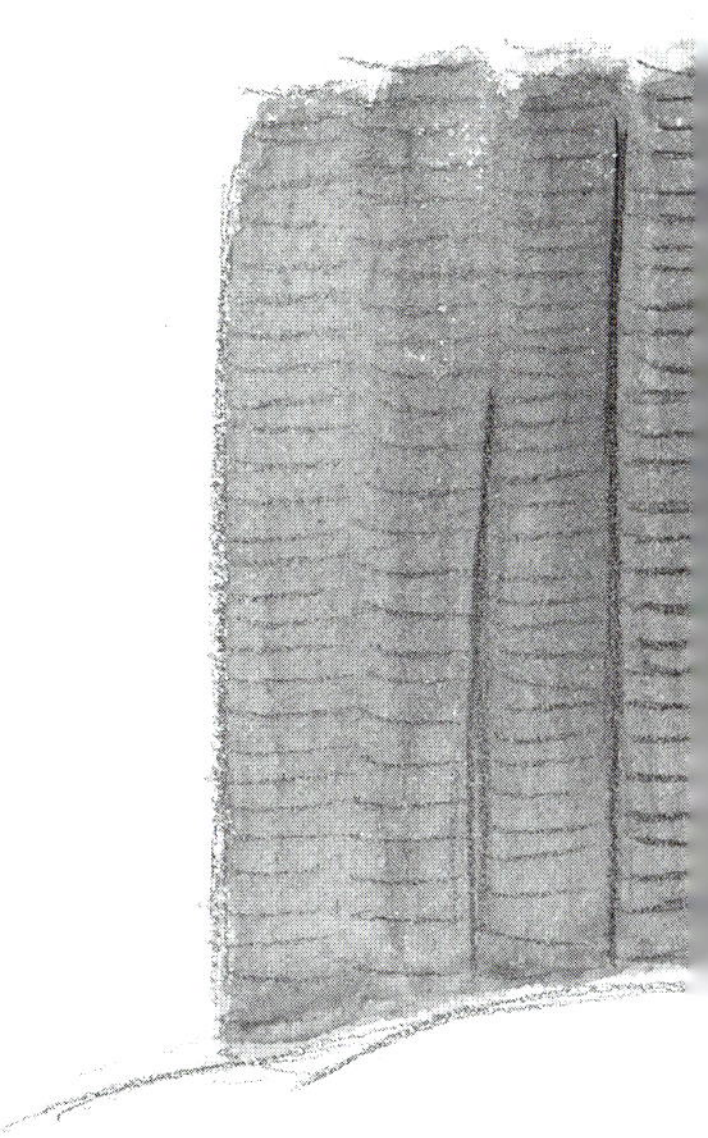

「そんな　せいとは　いたかな？
どうぶつがっこうで　どうぶつのせいとは
きみだけのはずだが。
きみに　にているのかい？」

「はい、でも　白《しろ》と　黒《くろ》の　シマシマが
はんたいでした。
じゅぎょうが　たいくつで、
ぐあいが　わるくて
ねていた　せいとなんです」

「わたしにも　白《しろ》と　黒《くろ》が　はんたいの
パンダの　友《とも》だちが　いるよ。
こころの　中《なか》に　だけどね。
気《き》がつくと、その友《とも》だちとは、
いつも　たくさん
おはなししているんだ。
こまったことが　ある時《とき》ほど　出《で》てきてね、
いろんなことを　言《い》うよ。
ぼくと　まったく　はんたいの　こととかね。
でも　はなしを　するうちに　いつのまにか
もんだいが　なくなっている。
ふしぎだね」

「それとも、『とくべつじゅぎょう』の
せいとだったのかもしれないよ。
遠《とお》い　地《ち》きゅうの
はんたいがわに　すんでいて、
ちがうことも　多《おお》いけど、
気《き》もちは　よくわかったよね。
同《おな》じ　こころを　もった　友《とも》だち……」

それから　しばらく
時間《じかん》が　たちました。

しまうまの子《こ》どもは
すっかり　元気《げんき》に
なりました。

ときどき、黒《くろ》しまうまくんの　ことを　思《おも》い出《だ》して、
ほけんしつに　やってきます。

「黒《くろ》しまうまくんは　だれだったんだろう？　どこに　いるのかな？」

「ぼく、黒《くろ》しまうまくんの
気《き》もち、わかるように
なったよ。

にがてなことが
見《み》つかったら、
なんだか
ワクワクするように
なったんだ。
たいくつは　ごめんだからね！」

「元気《げんき》になる　ことばが
たくさん　書《か》いてある
本《ほん》を　見《み》つけたよ。
かしてあげたいのに
なあ……

まあ、ちょっと、
ねむくは
なるけどね……」

「しまうまくん、
ぼくは　きみの
こころの　中《なか》に　いるよ。
また　いっしょに
じっけんしようね！」

「えっ」

「……黒《くろ》しまうまくん？」

「だあれ？
わたし、気分《きぶん》が　わるくて
ずっと　ここで
ねていたんだけど。

これ　あなたの　本《ほん》？
すごく　おもしろいわ。
わたしに　かしてくれない？」

「うん、いいよ」

「本《ほん》を 読《よ》んでいたら
元気《げんき》に なったよ。もう 行《い》くね」

「ありがとう！」

「ありがとう」って、いいことばだなあ。

なんだか　体中《からだじゅう》が　ぽかぽかするよ……。

つぎの日《ひ》。

「しまうまくん、
きみの『どうぶつじっけん』の
けっかは、大発見《だいはっけん》になったね！
犬《いぬ》の先生《せんせい》と　そうだんして、
にんげんのせいとたちと　いっしょに
『ことばのじっけん』を
つづけることに　したよ」

「先生《せんせい》、わるぐちを　言《い》ったら
気分《きぶん》が　わるくなりました」

「いやな　色《いろ》や
においの
する『ことば』を、
たくさん
つかったんじゃないのかね？」

「きみの　言《い》った　ことばは、
きみが　いちばん　よく　聞《き》いて
いるんだよ。

つかう　ことばに　ちゅういして
じっけんを　つづけなさい」

そして、いい　ことばは
にんげんの子《こ》どもたちには
どんな　じっけんけっかに
なるのかな？

ほけんしつには、
きれいな　色《いろ》や
いい　においのする
ことばで　いっぱいの　本《ほん》が
おかれるように　なりました。

ほけんしつは、
ぐあいが　わるくなった
にんげんのせいとたちの
じっけんしつに
なっています。

「あれ？」

……そんなわけ、ないよね！

黒《くろ》しまうまくん、きみは　だれ？
どこに　いるの？
本当《ほんとう》に、ぼくの　こころの　中《なか》？

たいくつじゃ　なくなったかな？
ワクワク　してるかな？

いつか
『とくべつじゅぎょう』を
いっしょに　うけようね！

作・絵
トビイ ルツ
立教大学経済学部卒業。ベルギー・アントワープの王立芸術アカデミーで銅版画などの技術を学ぶ。イラストレーターとして雑誌、広告などで活躍するほか、主に国内外の旅や生活文化に関する取材記事、エッセイなど幅広いテーマで執筆活動を行なっている。
著書に『どうぶつびょういん』『しまうまのしごとさがし』『しまうまのたんじょうび』『どうぶつがっこう』（以上、PHP研究所）、ほかに『こねこのモモちゃん美容室』（なりゆきわかこ作・ポプラ社）の絵を担当している。
ホームページアドレス　http://www.rutsu.com/

どうぶつがっこう
とくべつじゅぎょう

2017年4月4日　第1版第1刷発行

著　　　者●トビイ　ルツ
発　行　者●山崎　至
発　行　所●株式会社PHP研究所
東京本部　〒135-8137　江東区豊洲5-6-52
児童書局　出版部　☎03-3520-9635（編集）
普及部　☎03-3520-9634（販売）
京都本部　〒601-8411　京都市南区西九条北ノ内町11
PHP INTERFACE　http://www.php.co.jp/
印刷所・製本所●図書印刷株式会社
制作協力・組版●株式会社PHPエディターズ・グループ
装　　　幀●本澤博子

ISBN978-4-569-78646-9

NDC913　95P　22cm